www.ingramcontent.com/pod-product-compliance
Lightning Source LLC
LaVergne TN
LVHW010420070526
838199LV00064B/5364
* 9 7 8 9 3 5 8 7 2 0 3 4 1 *

بچوں کی چار کہانیاں

مصنف:
اکبر رحمانی

© Taemeer Publications

Bachchon ki chaar kahaniyaan *(Kids stories)*
by: Akbar Rahmani
Edition: May '2023
Publisher & Printer:
Taemeer Publications, Hyderabad.

ISBN 978-93-5872-034-1
9 789358 720341

مصنف یا ناشر کی پیشگی اجازت کے بغیر اس کتاب کا کوئی بھی حصہ کسی بھی شکل میں بشمول ویب سائٹ پر اَپ لوڈنگ کے لیے استعمال نہ کیا جائے۔ نیز اس کتاب پر کسی بھی قسم کے تنازع کو نمٹانے کا اختیار صرف حیدرآباد (تلنگانہ) کی عدلیہ کو ہو گا۔

© تعمیر پبلی کیشنز

کتاب	:	**بچوں کی چار کہانیاں**
مصنف	:	**اکبر رحمانی**
صنف	:	ادب اطفال
ناشر	:	تعمیر پبلی کیشنز (حیدرآباد، انڈیا)
زیر اہتمام	:	تعمیر ویب ڈیولپمنٹ، حیدرآباد
سالِ اشاعت	:	۲۰۲۳ء
تعداد	:	(پرنٹ آن ڈیمانڈ)
طابع	:	تعمیر پبلی کیشنز، حیدرآباد -۲۴
صفحات	:	۳۶
سرورق ڈیزائن	:	تعمیر ویب ڈیزائن

فہرست

(۱)	رام اور رحیم	8
(۲)	چالاک چور	16
(۳)	نگر سیٹھ کا خطاب	23
(۴)	جادو کا سکہ	29

اِنتساب

اپنی لائقِ صد احترام بہن

زیتون خانم باجی کے نام

- جس نے اولاد کی طرح چاہا۔
- جس کی بے پایاں محبت و شفقت نے رنج وغم کا احساس نہ ہونے دیا۔
- جس نے جینے کا سلیقہ سکھایا۔
- جس نے تعلیم کے ہر مرحلے میں رہنمائی کی اور تعاون دیا۔

پیش لفظ

کسی بھی زبان کی ترقی کا اندازہ اس کی کتابوں اور لٹریچر سے ہوتا ہے۔ یہ لٹریچر معاشرے کی تعمیر و تشکیل میں اہم کردار ادا کرتا ہے اور اس سے اُس زبان کے بولنے والوں کے رجحانات اور علمی، معاشی و سماجی ترقی کا بھی پتہ چلتا ہے۔

اس میں کوئی شک نہیں کہ آزادی کے بعد ہمارے ملک ہندوستان میں اردو نے تیزی سے ترقی کی۔ اردو ذریعہ تعلیم کے پھیلاؤ نے اس ترقی کی رفتار کو مزید تیز کیا لیکن اس کے ساتھ اردو زبان کی ضرورتوں میں بھی اضافہ ہوتا گیا۔ آج بھی اردو میں تعلیمی و تدریسی لٹریچر، دوسری زبانوں کی اہم کتابوں کے ترجمے، معیاری ادبی و درسی کتابیں، لسانیاتی لٹریچر، بچوں کا ادب، سائنسی، علمی اور فنی کتابوں کی کمی شدت سے محسوس کی جا رہی ہے۔ اسی کمی کو دور کرنے اور اردو زبان و تعلیم کو فروغ دینے کے لیے ایجوکیشنل اکیڈمی (جلگاؤں، مہاراشٹر) کا قیام عمل میں آیا اور "ادبِ اطفال" کے تحت معیاری کتب کی اشاعت شروع کی جا رہی ہے۔ زیر نظر کتاب "بچوں کی چار کہانیاں" اسی اشاعتی پروگرام کا ایک حصہ ہے۔

رام اور رحیم

چندو کی صورت بڑی پیاری پیاری تھی، مگر کرتوت ایسے کہ شیطان بھی شرمائے۔ محلّے کے لوگ اُسے اچھی نظروں سے نہیں دیکھتے تھے۔ شریف لوگ اسے دور سے دیکھ کر ہی کترا کر نکل جاتے تھے۔ وہ کسی سے نہ ڈرتا اور سب پر دھونس جماتا پھرتا تھا۔ اگر وہ کسی سے ڈرتا تھا تو صرف لالہ گنپت سہائے سے۔ اس کی وجہ یہ تھی کہ لالہ جی کے اس کے پتاجی پر بہت سے احسانات تھے۔ اِس لیے وہ لالہ گنپت سہائے کی بے حد عزّت کرتا اور ان کی بات کو کبھی نہ ٹالتا تھا۔ یہ بات سب ہی جانتے تھے۔ اس لیے چندو سے کبھی کسی کو شکایت ہوتی تو وہ سیدھا لالہ جی کے پاس پہنچ جاتا۔ لالہ جی چندو کو بُلاتے اور جو کچھ وہ کہتے چندو سر نیچا کیے خاموشی سے سُن لیا کرتا تھا۔

محلّے میں ہر سال رام لیلا دھوم دھام سے منائی جاتی تھی۔ لالہ جی ہی اس کا انتظام کرتے تھے۔ اِس سال رام لیلا کھیلنے والوں کے سامنے ایک مسئلہ پریشانی کا باعث بنا ہوا تھا۔ ہمیشہ رام کا پارٹ ادا کرنے والا چندر شیکھر ایک حادثہ میں اپنی ایک ٹانگ گنوا بیٹھا تھا۔ اب اس کی جگہ کسے رام کا پارٹ دیا جائے

یہی مسئلہ سب کو پریشان کیے ہوئے تھا۔ اچانک لالہ جی کو چندو کا خیال آیا اور انھوں نے سوچا کیوں نہ چندو کو رام کا پارٹ دیا جائے؟ چندو خوب صورت بھی تھا اور تندرست بھی۔ آواز بھی اس نے اچھی پائی تھی۔ لالہ جی نے جب چندو کا نام پیش کیا تو کچھ نے دبی زبان سے اور کچھ نے کھل کر اس کی مخالفت کی۔ محلّے کے لوگوں کو جب یہ بات معلوم ہوئی کہ لالہ جی، چندو کو رام بنارہے ہیں تو وہ سخت ناراض ہوئے۔

ایک رات ماسٹر دینا ناتھ، لالہ جی کے پاس آئے اور کہا:

"یہ آپ کیا ظلم کر رہے ہیں لالہ جی! آپ تو محلّے کے بزرگ ہیں، آپ کا کام تو انصاف کرنا ہے، پھر یہ ناانصافی کیوں کیوں ہو رہی ہے؟"

لالہ جی ماسٹر صاحب کی بات سے اندازہ لگا چکے تھے کہ وہ چندو کے رام بنائے جانے کے خلاف ہیں۔ انھوں نے نرم لہجے میں ماسٹر صاحب سے کہا:

"مجھے امید نہیں تھی کہ آپ بھی ایسا ہی سوچیں گے اور کہیں گے۔ میں تو سمجھ رہا تھا کہ استاد ہونے کے ناطے آپ میرا ہی ساتھ دیں گے۔"

ماسٹر جی چونک کر بولے، "اجی، کیا بات کر رہے ہیں آپ! رام جیسے پاک اور بلند کردار انسان کے پارٹ کے لیے ایک بدمعاش اور بد کردار لڑکے کا نام آپ پیش کریں اور مجھ

سے یہ توقع رکھیں کہ میں آپ کا ساتھ دوں؟ توبہ ! توبہ !! آپ خود ذرا ٹھنڈے دل سے سوچئے کہ کیا چندو جیسا بدمعاش اور غنڈہ لڑکا اس کے لیے موزوں ہے؟ کون شریف اور بھلا آدمی اپنی بہو بیٹی کو رام لیلا دیکھنے بھیجے گا؟ جب کوئی دیکھنے نہ آئے گا تو کیا آمدنی ہوگی؟ بس یوں سمجھیے کہ آئندہ سال سے رام لیلا ٹھپ، سوچیے تو سہی، چندو کتنا بدمعاش لڑکا ہے۔ محلّے کا بچّہ بچّہ جانتا ہے کہ ابھی پچھلے ہفتہ ہی اس نے رحیم کے ساتھ چاقو بازی کی ہے!"

لالہ جی نے ہنستے ہوئے کہا، " ایسا معلوم ہوتا ہے کہ آپ چندو سے بے حد ناراض ہیں۔ چاقو تو رحیم نے پیچھے سے آ کر چندو کو مارا تھا۔ وہ بچ کر سنبھلا تو اس وقت تک رحیم وہاں سے بھاگ چکا تھا اور آج تک یہ پتہ نہ چل سکا کہ وہ کہاں ہے؟ ماسٹر صاحب، اس بات پر بھی تو غور کیجیے کہ اگر چندو غنڈہ ہے تو کیا اُسے ہمیشہ غنڈہ ہی بنا رہنے دیا جائے؟ کیا آپ کا اور ہمارا یہ انسانی فرض نہیں کہ اُسے ایک اچھا انسان بننے کا موقع دیں؟ آپ تو خود استاد ہیں۔ نہ جانے کتنے شریر بچّوں سے آپ کا واسطہ پڑتا ہوگا۔ کیا آپ ان کی اصلاح کے لیے کوشش نہیں کرتے؟ بُرے کو بُرا رہنے دینا اور اُسے اچھا بننے کا موقع نہ دینا میرے خیال میں عقلمندی اور سمجھداری کی بات نہیں۔"

لالہ جی کی نصیحت آمیز باتیں سُن کر ماسٹر دینا ناتھ اور زیادہ خفا ہو گئے۔ جب انھوں نے دیکھا کہ لالہ جی بات ماننے کو تیار نہیں تو جاتے ہوئے انھوں نے لالہ جی سے کہا:

"ٹھیک ہے، آپ کے جی میں جو آئے کیجیے۔ اس کا جو نتیجہ نکلے گا اس کی تمام تر ذمہ داری آپ پر ہو گی۔"

دوسرے دن صبح لالہ جی نے چندو کو بُلایا اور کہا:

"دیکھو چندو، مَیں نے تمھیں رام کا پارٹ ادا کرنے کے لیے چُنا ہے اور اس یقین کے ساتھ کہ تم کوئی ایسا کام نہیں کرو گے جس سے مجھے نیچا دیکھنا پڑے۔ تم یہ بات بھی اچھی طرح جانتے ہو کہ محلے کے سب لوگ اس معاملے میں میرے خلاف ہو گئے ہیں۔ اس کے باوجود مَیں اپنے فیصلے پر اٹل ہوں۔"

لالہ جی کی بات سُن کر چندو نے کہا: "چاچا جی! میں آپ کو یقین دلاتا ہوں کہ ایسی کوئی حرکت نہ کروں گا جِس سے آپ پر کوئی انگلی اٹھا سکے۔ اگر آپ کو مجھ پر بھروسہ نہیں تو آپ خوشی سے رام کا پارٹ کسی دوسرے کو دے سکتے ہیں۔"

لالہ جی نے چندو کے کندھے پر ہاتھ رکھ کر کہا:

"نہیں بیٹے، ایسی کوئی بات نہیں۔ مجھے تم پر پورا بھروسہ ہے۔ مَیں صرف تمھیں حالات سے باخبر رکھنا چاہتا تھا۔"

رام لیلا شروع ہوئی۔ پہلے دن لوگوں کی تعداد ایک چوتھائی بھی نہیں تھی۔ لیکن جیسے جیسے دن گزرنے لگے تماشائیوں

کی تعداد بڑھنے لگی۔ شک و شبہ کی دُھند دور ہونے لگی۔ اسٹیج پر رام کے روپ میں چندو کی دل موہ لینے والی ایکٹنگ، اور اسٹیج کے باہر لوگوں کے ساتھ اچھے سلوک نے چندو کے بارے میں لوگوں کے خیالات کو بدل دیا تھا۔ یہی وجہ تھی کہ اب لوگ زیادہ تعداد میں رام لیلا دیکھنے آرہے تھے۔

ایک دن رام لیلا ختم ہونے کے بعد چندو، رام کا لباس اور اپنے کپڑے پہننے کے لیے میک اَپ روم میں گیا تو کافی تلاش کے باوجود اسے اپنے کپڑے نہیں ملے۔ شاید کسی نے مذاق یا شرارت کی تھی۔ چندو کو مجبوراً رام ہی کے بھیس میں اپنے گھر جانا پڑا۔ جب وہ اپنے گھر کی طرف جارہا تھا تو محلّے کا بدنام لڑکا راجو بھی اس کے ساتھ تھا۔ رات کے ساڑھے گیارہ بج رہے تھے۔ جب وہ دونوں اپنے گھر کی گلی میں مڑ کر نالے کی طرف جانے لگے تو اچانک ان کی نظر نالے کے پُل پر پڑ گئی۔ وہاں اندھیرے میں کوئی اوندھے منھ پڑا ہوا کراہ رہا تھا۔ راجو دوڑتا ہوا گیا اور جب قریب جاکر دیکھا تو چونک پڑا۔ وہ فوراً چندو کے پاس آیا اور بولا:

"ارے استاد، یہ تو اپنا رحیم ہے۔ شاید کسی نے اُسے بُری طرح پیٹا ہے۔ خون میں بالکل لت پت پڑا ہے۔ اٹھ کر چل بھی نہیں سکتا۔"

رحیم کا نام سُنتے ہی چندو کو پچھلا واقعہ یاد آگیا جب وہ

اُسے مار کر بھاگ گیا تھا۔ چندو کی آنکھوں میں خون اُتر آیا۔ راجو بھی یہ سب دیکھ رہا تھا۔ اس نے موقع سے فائدہ اٹھاتے ہوئے چندو کو صلاح دی:

"رحیم سے بدلہ لینے کا اس سے اچھا موقع پھر کبھی تمھیں نہیں ملے گا۔"

راجو کی بات چندو کے دل میں اُتر گئی۔ وہ چاہتا تھا کہ رحیم سے بدلہ لے کر دل میں انتقام کی جو آگ سُلگ اٹھی ہے اُسے ٹھنڈا کر لے۔ لیکن دوسرے ہی لمحے نہ جانے چندو کو کیا خیال آیا کہ وہ اپنے آپ کو سر سے پاؤں تک غور سے دیکھنے لگا۔

راجو بولا: "اُستاد، کیا دیکھ رہے ہو، چلو اپنا وقت کیوں برباد کر رہے ہو؟ اس سے اچھا سنہری موقع پھر کبھی ہاتھ نہ آئے گا۔"

ایک لمحے کے لیے چندو نے جو اپنے آپ کو دیکھا تھا تو اس کے خیالات اور جذبات میں اچانک تبدیلی آگئی تھی۔ انتقام کی آگ جو کچھ دیر پہلے اس کے چہرے اور آنکھوں سے نمایاں تھی، اب آہستہ آہستہ اوجھل ہوتی جا رہی تھی۔ اس کا چہرہ ہر قسم کے جذبات سے عاری نظر آرہا تھا، اب وہاں سکون اور اطمینان کی لہریں موجزن تھیں۔ وہ بار بار خود کو دیکھے جا رہا تھا۔ کچھ دیر یہی حالت رہی۔ رات کے سنّاٹے کو توڑتے

ہوئے چندو نے راجو سے نہایت نرم لہجے میں کہا :

" راجو! کیا تو دیکھ رہا ہے کہ اس وقت میں کس بھیس میں ہوں؟ مَیں رام کے لباس اور میک اَپ میں ہوں۔ مَیں چاہے کتنا ہی بدنام، بدمعاش اور بُرا ہوں، مگر مَیں اس وقت ایسا کوئی کام نہیں کروں گا جس سے رام کا نام بدنام ہو۔ میں رام کے نام اور کام کی لاج رکھوں گا۔"

یہ کہہ کر راجو کا ہاتھ پکڑے ہوئے وہ رحیم کے پاس گیا۔ اُسے آہستہ سے ہلایا۔ بڑی مشکل سے رحیم ہوش میں آیا۔ آنکھیں کھول کر دیکھا تو اس نے چندو کو رام کے بھیس میں ہونے کے باوجود پہچان لیا۔ اس کے دل میں خیال آیا کہ اب چندو اپنا بدلہ ضرور لے گا۔ اس لیے وہ اسی طرح کراہتا رہا۔ اس نے گڑگڑاتے ہوئے کہا :

" چندو مجھے نہ مار، مَیں مرجاؤں گا۔ مجھے معاف کر دے۔ مجھ پر رحم کر اور فرشتہ بن کر میری جان بخش دے۔"

رحیم رونے لگا۔ چندو نے کچھ کہے بغیر راجو کے سہارے اُسے اپنے کندھوں پر بٹھایا اور ڈاکٹر مَلِک کے گھر کی طرف چل دیا۔

ڈاکٹر مَلِک اپنی ڈسپنسری کے اوپر ہی رہتے تھے۔ رات زیادہ ہو چکی تھی۔ چندو نے ڈاکٹر مَلِک کو جگایا اور انھیں سارا ماجرا سنایا۔ ڈاکٹر مَلِک نے دواخانہ کھولا اور رحیم کے زخموں کی مرہم پٹی کرنے لگے۔ اس دوران چندو اور راجو نے دوسرے

کمرے میں جا کر اپنے خون سے بھرے ہوئے کپڑے اور ہاتھ پاؤں کو دھویا۔ ڈاکٹر ملک نے مرہم پٹّی کی اور رحیم کو انجکشن دیا۔ چندو دوڑا دوڑا گیا اور رام پیارے حلوائی کے یہاں سے دودھ لاکر اپنے ہاتھوں سے رحیم کو پلایا۔ اس کے بعد چندو اور راجو دونوں نے مِل کر رحیم کو اس کے گھر پہنچایا۔

صبح ہوتے ہی محلّہ والوں کو جب چندو کی نیک کرداری اور ہمدردی کا پتہ چلا تو وہ سب اس کی تعریف کرنے لگے۔ ہر ایک کی زبان پر چندو کی نیک چلنی ہی کا چرچا تھا۔ لالہ جی نے جب یہ سُنا تو ان کی خوشی کا کوئی ٹھکانا نہ تھا، جیسے انھیں کھویا ہُوا خزانہ مِل گیا تھا۔ وہ دوڑے دوڑے ماسٹر دینا ناتھ کے یہاں پہنچے اور کہا: "اب بولیے ماسٹر جی، ہمارے رام کے بارے میں آپ کا کیا خیال ہے؟"

"کون رام؟" ماسٹر صاحب نے پوچھا۔

"ارے وہی اپنا چندو۔"

ماسٹر جی کو بھی چندو کی نیکی کا عِلم ہو گیا تھا۔ اس لیے وہ کوئی جواب نہ دے سکے۔ خاموشی سے انھوں نے اپنی آنکھیں نیچی کرلیں ـــــ اور پھر اُس دن کے بعد سے کبھی کسی نے نہیں سُنا کہ چندو نے کوئی غلط کام کیا یا کسی سے جھگڑا کیا۔

**

چالاک چور

فرانس کے ایک چھوٹے سے گاؤں میں ایک لوہار رہتا تھا۔ وہ فرانس کے بادشاہ کی طرح امیر بننا چاہتا تھا۔ دولت جمع کرنے کے لیے اس نے لوہاری کا پیشہ ترک کر کے چوری کا پیشہ اپنایا۔ اُسے یہ معلوم ہوا کہ فرانس کے بادشاہ کی اکلوتی بیٹی ہے، اور راجکماری سے شادی وہی کر سکتا ہے جو امیر ترین ہو۔ اس نے سوچا لوہاری کے پیشے میں رہوں گا تو کبھی امیر نہ بن پاؤں گا۔

ابتدا میں اس نے چھوٹی موٹی چوریاں کیں۔ بعد میں وہ بڑی بڑی چوریاں کرنے لگا اور اس طرح وہ چوری کرنے میں اس قدر چالاک ہو گیا۔ اس کا نام ہی 'چالاک چور' پڑ گیا۔

اس نے اس بات کا بھی پتہ لگا لیا تھا کہ بادشاہ کا خزانہ کہاں رکھا ہے۔ حیرت کی بات یہ کہ اس نے آدھا خزانہ صاف بھی کر دیا تھا۔ اب وہ امیری کی زندگی بسر کر رہا تھا۔ نہایت شان و شوکت سے رہتا تھا۔ مگر ادھر بادشاہ فکرمند رہنے لگا۔

اُس نے ایک دن اپنے مُشیروں سے چور کو پکڑنے کے بارے میں مشورہ کیا۔ مشیروں نے بادشاہ کو تین ترکیبیں بتائیں

اور کہا، ان میں سے ایک نہ ایک ترکیب کے ذریعے چور ضرور پکڑا جائے گا۔"

پہلی ترکیب کے مطابق بادشاہ نے محل میں ناچ گانے کی محفل منعقد کی۔ تمام شہریوں کو دعوت دی گئی۔ ان میں چالاک چور بھی تھا۔ اُسے بڑا تعجب ہوا۔ وہ بادشاہ کو کنجوس اور بخیل سمجھتا تھا۔ اسے یہ دیکھ کر اور زیادہ حیرت ہوئی کہ فرش پر اِدھر اُدھر سونے کے سکّے بکھرے ہوئے ہیں۔ اس نے جوتے کے نیچے ایک مقناطیسی شے لگائی اور وہ ان سکوں پر ناچنے لگا۔ اس طرح ایک ایک کر کے تمام سکّے اس کے جوتوں سے چپک گئے۔ کسی کو اس بھیڑ میں معلوم بھی نہ ہو سکا کہ سکّے کہاں غائب ہو گئے۔ بادشاہ اپنے مشیروں پر بے حد غصّہ ہوا مگر انھوں نے سمجھا کہ دوسری ترکیب میں چور ضرور پکڑا جائے گا۔

دوسری ترکیب کے مطابق پھر ناچ گانے کی محفل سجائی گئی ...... لیکن محفل ختم ہونے کے بعد تمام مہمانوں کو راج محل میں سونے کے لیے کہا گیا۔ کچھ ہی دیر بعد سب خوابِ خرگوش کے مزے لینے لگے لیکن چالاک چور کو نیند نہ آئی۔ اس نے راجکماری سے ملنے کا اِرادہ کیا۔ وہ راجکماری کی خواب گاہ میں داخل ہوا۔ اس نے آہستہ سے آواز دی:

"راجکماری، کیا تم سو گئی ہو؟"

راجکماری آواز سن کر چونک پڑی۔ اُس نے کہا، "تم کون ہو؟

اور اس طرح چوری چھپے تمھیں یہاں آنے کی ہمت کیسے ہوئی ؟"

" راجکماری میں تو صرف یہ کہنے آیا ہوں کہ آپ بے حد حسین ہیں۔"

اپنی تعریف سن کر راجکماری بہت خوش ہوئی۔ اس نے سوچا ہو نہ ہو یہی وہ چالاک ہے۔ چنانچہ دوسری ترکیب کے مطابق اس نے چور کو اندر آنے کے لیے کہا۔ چور خوشی خوشی اندر داخل ہوا۔ راجکماری نے کہا :

" تم پہلے شخص ہو جس نے میرے حُسن کی تعریف کی ہے۔ اس تعریف کے لیے میں تمھیں ایسا انعام دینا چاہتی ہوں جو تمھیں ہمیشہ یاد رہے گا۔"

چالاک چور راجکماری کی باتوں کو نہ سمجھا۔ وہ راجکماری کے پاس گیا۔ راجکماری نے اس کی پیشانی کا بوسہ لیا۔ بوسہ لیتے وقت اس نے ایک مخصوص رنگ سے ایک نشان بنا دیا اور کہا "یہی تمھارا اِنعام ہے۔"

بوسہ لینے کے بعد راجکماری نے کہا، " اس سے پہلے کہ کوئی شخص تمھیں یہاں دیکھ لے، تم فوراً یہاں سے چلے جاؤ۔"

چالاک چور جلدی سے وہاں سے رخصت ہو گیا۔ وہ یہی سمجھے ہوئے تھا کہ راجکماری نے اسے پیار کا بوسہ دیا۔ اسے معلوم نہ تھا کہ پیشانی پر مخصوص رنگ کا ایک نشان بھی بنا دیا گیا ہے۔

چور کو نیند نہ آئی۔ تمام لوگوں کے اٹھنے سے پہلے ہی

وہ اُٹھ گیا۔ جب اس نے آئینہ میں اپنی صورت دیکھی تو اسے اپنی پیشانی پر کسی رنگ کا نشان نظر آیا۔ وہ راجکماری کی چالاکی سمجھ گیا۔ اس کے بعد وہ پھر آہستہ سے راجکماری کے کمرے میں داخل ہوا۔ وہاں اس نے دیکھا کہ میز پر نیلے رنگ کا ڈبہ رکھا ہے۔ اس نے خاموشی سے اُس رنگ کے ڈبے کو اٹھالیا اور وہاں سے آنے کے بعد راج محل میں جتنے مہمان گہری نیند سو رہے تھے ان کی پیشانیوں پر ویسا ہی نشان بنا دیا۔

صبح ہوئی تو بادشاہ اور راجکماری بہت خوش تھے کہ آج چور ضرور پکڑا جائے گا۔ محل کے تمام دروازے بند کر دیے گئے تھے تاکہ کوئی یہاں سے بھاگنے نہ پائے۔

بادشاہ اور راجکماری جب راج محل میں پہنچے تو انھیں تمام مہمانوں کی پیشانیوں پر مخصوص رنگ کے نشانات دیکھ کر حیرت ہوئی۔ اس طرح دوسری ترکیب بھی فیل ہوگئی تھی۔ بادشاہ اپنے مشیروں پر گرم ہوا۔

مشیروں نے کہا "حضور، پریشان ہونے کی ضرورت نہیں۔ تیسری ترکیب میں چور بچ کر نہ جائے گا.... ترکیب یہ ہوگی کہ راجکماری کے کمرے میں ایک تہہ خانے بنا کر اسے اس طرح ڈھانک دیا جائے کہ کسی کو اس کا پتہ تک نہ چل سکے۔ جوں ہی چور کمرے میں داخل ہوگا سیدھا تہہ خانے میں چلا جائے گا، اور پھر اس کا وہاں سے باہر نکلنا مشکل ہوگا۔"

بادشاہ کو یہ ترکیب پسند آئی۔ اس نے تہہ خانہ بنانے کا حکم دیا۔کچھ دنوں بعد رقص وسرود کی محفل منعقد ہوئی۔ تمام شہریوں کو دعوت دی گئی۔ پروگرام ختم ہونے کے بعد تمام مہمانوں سے راج محل میں سونے کے لیے کہا گیا۔سب سو گئے لیکن چالاک چور کو نیند کہاں ؟ وہ پھر راجکماری کے کمرے میں داخل ہوا۔ داخل ہوتے ہی وہ تہہ خانے میں گر پڑا۔ اس نے باہر نکلنے کی بہت کوشش کی لیکن کامیابی نہ ہوئی۔

راجکماری نے چور کے تہہ خانے میں گرنے کی آواز سُن کر زور سے چلاّیا —— "چور ....چور !"

راجکماری کی آواز سُن کر بہت سے مہمان چور پکڑنے کے لیے راجکماری کے کمرے میں داخل ہوئے اور وہ بھی تہہ خانے میں جا گرے۔

جب بادشاہ اور اس کے مشیر وہاں پہنچے تو انھوں نے دیکھا کہ تہہ خانے میں بہت سے لوگ گرے ہوئے ہیں۔یہ پتہ لگانا مشکل ہے کہ ان میں اصل چور کون ہے؟

بادشاہ یہ ترکیب بھی فیل ہوتے دیکھ غصّے سے سُرخ ہوگیا۔ وہ اپنے مشیروں پر برس پڑا ، "تمھاری سب ترکیبیں ناکام ہو چکی ہیں۔تم میرے مشیر بننے کے لائق نہیں ہو۔"

کچھ دیر بعد راجکماری نے بادشاہ کے کان میں کچھ کہا۔ بادشاہ نے بغور سُنا اور سر ہلا کر ہاں کہا۔ بادشاہ نے اپنے

تمام مہمانوں سے مخاطب ہو کر کہا:

" بھائیو، آپ میں ایک چالاک چور موجود ہے، جس نے میرے مشیروں کو بھی مات کر دیا ہے اور اپنی ذہانت و عقل مندی ثابت کر دکھایا ہے۔ میں چاہتا ہوں کہ وہ اپنے آپ کو ظاہر کر دے تاکہ راجکماری کی شادی اس سے کر دوں۔"

مہمانوں میں سے بیس لوگ راجکماری سے شادی کرنے کے لیے آگے بڑھے۔

بادشاہ نے اپنی بیٹی سے پوچھا، "کیا تم اُسے پہچان سکتی ہو؟"

راجکماری نے کہا " میں اس کی شکل وصورت نہیں جانتی مگر آنکھ بند کر کے بھی اس کی آواز پہچان سکتی ہوں۔"

چالاک چور آگے بڑھا۔ اس نے اپنا سر جھکایا اور آداب بجالاتے ہوئے کہا۔ " راجکماری، چالاک چور آپ کی خدمت میں حاضر ہے۔"

راجکماری نے آواز سُنتے ہی پہچان لیا اور خوشی سے چِلّائی، " ابّاجان ـــــ یہی وہ آدمی ہے۔"

بادشاہ نے کہا " اگرچہ تم سزا کے مستحق ہو، لیکن میں نے سب کے سامنے وعدہ کیا ہے۔ اس لیے راجکماری کی شادی تم سے کرتا ہوں۔ آج سے تم اس ملک کے راجکمار ہو گے مگر اس سے پہلے تمھیں وعدہ کرنا ہوگا کہ پھر کبھی چوری نہ کرو گے۔"

"حضور!" چالاک چور نے کہا "میری صرف تین خواہشیں تھیں۔ ایک آپ کی طرح امیر ہونا، دوسرے آپ کے جیسے محل کا مالک ہونا اور تیسرے راجکماری سے شادی کرنا۔ آج میری تینوں خواہشیں پوری ہو چکی ہیں، اِس لیے آئندہ چوری نہ کروں گا۔"

اس کے بعد چالاک چور نے جو دولت چُرائی تھی وہ بادشاہ کو لوٹا دی اور پھر کبھی اس نے چوری نہ کی۔

**

نگر سیٹھ کا خطاب

بچّو! آج ہم تمھیں ایک غریب لڑکے کی کہانی سُنائیں گے جو واقعی بہت محنتی اور ایمان دار لڑکا تھا۔ اپنی بوڑھی ماں کا وہ اکلوتا لڑکا تھا۔ وہ ابھی ۱۲ یا ۱۳ سال ہی کا تھا۔ اکثر پھٹے پُرانے کپڑوں میں رہتا تھا۔ اپنی کمائی کے چار چھ آنے وہ شام کو اپنی بوڑھی ماں کو لے جا کر دیتا تھا۔ شہر کے اکثر بچّے اس سے واقف تھے۔ سڑک پر جب وہ نکلتا تھا تو سب اُسے گھیر لیتے تھے۔ اُسے اس طرح چنے بیچتے بیچتے کئی برس ہو گئے۔ اب وہ بڑا ہو گیا تھا۔ لوگ جب بھی اسے دیکھتے اس پر ترس کھاتے اور کہتے اتنا بڑا ہو گیا ہے مگر اب بھی چنے ہی بیچتا ہے۔ اکثر لوگ اُسے للّو کے نام سے پکارتے تھے۔

ایک دن شہر میں راجا کی طرف سے اعلان کیا گیا کہ جس کسی کے پاس سب سے زیادہ دولت ہوگی اسے نگر سیٹھ بنایا جائے گا۔

بے چارہ للّو یہ خبر سُن کر حیرت میں پڑ گیا۔ اُسے اس خبر سے کوئی دِل چسپی نہ تھی۔ کیونکہ وہ خود غریب تھا۔ اس کے پاس

اتنی دولت کہاں کہ شہر کے سب سے بڑے اعزاز کو حاصل کرے۔

جب وہ شام کو اپنی بوڑھی ماں کے ساتھ کھانے کے لیے بیٹھا تو بات بات میں اس نے یہ خبر اپنی ماں کو ہنستے ہوئے سُنائی۔ اس زمانے میں نگر سیٹھ کا خطاب سب سے بڑا خطاب سمجھا جاتا تھا۔ جو کوئی یہ خطاب پاتا اس کی راجا کے دربار میں بھی عزّت ہوتی تھی۔

بوڑھی ماں یہ خبر سُن کر خاموش رہی۔ دو تین دن بیت گئے۔ شہر میں کسی کے پاس اتنی دولت نہ تھی کہ وہ نگر سیٹھ بننے کی ہمّت کرتا۔ اس لیے اُس شہر سے راجا کے دربار میں کوئی حاضر نہ ہوسکا۔ راجا نے دوبارہ اعلان کیا لیکن پھر بھی کوئی آتا دکھائی نہیں دیا۔

للّو نے اپنی ماں سے کہا "اس شہر میں کیا کوئی بھی نگر سیٹھ بننے کے لائق نہیں؟"

"کیوں نہیں بیٹا! کوئی نہ کوئی تو ضرور ہوگا۔" ماں نے کہا۔

"اگر کوئی ہوتا تو ضرور سامنے آتا۔"

بوڑھی ماں نے یوں ہی کہا ـــــ "اچھا ایسا کرنا، تم کل راجا کے دربار میں جاکر کہہ دینا کہ..... میرے پاس سب سے زیادہ دولت ہے۔ مجھے نگر سیٹھ بناؤ۔"

"مگر ماں یہ تو جھوٹ ہے ہمارے پاس اتنی دولت کہاں؟ اور تم جانتی ہو کہ جھوٹ بولنے کی سزا پھانسی ہے...

ناحق ہم غریب مارے جائیں گے۔"

بڑھیا نے اعتماد سے کہا "بیٹا تو گھبرامت ....تو جا کر اتنا کہہ تو دے۔ اگر پوچھے تو راجا کو میرے پاس لے آنا پھر میں جواب دوں گی۔"

وہ ماں کی بات ٹال نہ سکا۔ مگر دل ہی دل میں وہ پھانسی سے بھی ڈر رہا تھا۔ بے چارہ مجبور تھا۔ آخر وہ دربار میں پہنچا اور راجا سے کہا:

"میرے پاس سب سے زیادہ دولت ہے۔ اس لیے مہاراج مجھے نگر سیٹھ بنایا جائے۔"

دربار میں بیٹھے تمام لوگ اس کی ہنسی اڑانے لگے۔

"ایک چنے بیچنے والا نگر سیٹھ .... ہا! ہا! ہا!"

لوگوں کو اپنے پر ہنستے دیکھ کر وہ گھبرا گیا۔ اسے پسینہ چھوٹ گیا۔

راجا نے اس سے کہا "اچھا بتاؤ، تمھارے پاس کتنی دولت ہے؟"

"مہاراج! میری بوڑھی ماں نے کہا تھا، اگر راجا پوچھے تو اُسے میرے پاس لے آنا۔ میں اس کی بات کا جواب دوں گی۔"

راجا یہ سن کر بولا "کیا اس کی ماں پاگل تو نہیں ہوگئی؟ کیا اُسے پتہ نہیں کہ جھوٹی بات کی سزا پھانسی ہے؟"

راجا نے اسی وقت اپنے وزیر اور درباریوں کو حقیقتِ حال

کا پتہ لگانے کے لیے روانہ کیا۔ للّو ڈرتا ڈرتا انھیں اپنے گھر لایا۔ ماں پہلے تو اسے دیکھ کر ہنسی، پھر ہنستے ہوئے ایک پُرانے صندوق سے چابیاں نکال کر اسے دیں اور کہا:

"بیٹا! یہ چابیاں لو۔ اس کمرے کا تالا کھول کر اندر سات کمروں کے تالے کھولتے جانا اور پھر آخری کمرہ کھول کر ان لوگوں کو دکھا دینا۔"

للّو نے ایسا ہی کیا۔ جب آخری کمرہ اس نے کھولا تو وہ ہیرے جواہرات اور سونے چاندی کے سکوں سے بھرا پڑا تھا۔ للّو خود بھی حیران تھا۔

جب راجا کو خبر ہوئی تو وہ بھی دوڑا دوڑا وہاں آیا۔ اسے اطمینان ہوا۔ آخر راجا نے للّو کو نگر سیٹھ بنانے کا اعلان کر دیا۔

اب للّو نگر سیٹھ بن گیا تھا۔ دربار میں آنے جانے کے لیے اُسے بگھی دی گئی تھی۔ اب اس نے چنے بیچنا چھوڑ دیا تھا۔ لیکن جب بھی شہر کی سڑکوں سے اس کی بگھی گزرتی بچے دُور سے بھاگتے چلاتے آتے: "نگر سیٹھ کی سواری آرہی ہے، للّو سیٹھ کی سواری آرہی ہے۔" اور جب سواری قریب آتی تو چلاتے "ارے یہ تو اپنا للّو چنے والا ہے۔"

للّو کو بڑا بُرا لگتا۔ اب وہ اپنے آپ کو چنے والا کہلانا پسند نہیں کرتا تھا۔ لیکن اسے ان بچوں سے محبت تھی اس لیے وہ انھیں منع بھی نہیں کر سکتا تھا۔

ایک دن للّو نے اپنی ماں سے کہا۔ "ماں! بچّے پہلے تو مجھے نگر سیٹھ کہتے ہیں۔ لیکن قریب آنے پر للّو چنے والا کہہ کر چڑھاتے ہیں۔ پھر بھی میں ان کی باتوں کا بُرا نہیں مانتا۔ لیکن ماں تم مجھے للّو ہی رہنے دیتیں تو اچھا تھا۔ مجھے یہ سیٹھ کہاں سے بنا دیا؟ یہ ساری دولت تمھارے پاس کہاں سے آئی؟ تم نے کبھی مجھے اس کے بارے میں بتایا نہ تھا!"

اس کی ماں نے کہا، "بیٹے! یہ دولت تو تمھارے باپ دادا کی کمائی ہے۔ تمھارے پتا جی نے مجھے اس کی حفاظت کرنے کے لیے کہا تھا۔ اگر تمھیں بغیر محنت کے یہ دولت مل جاتی تو آسانی سے تم پانی کی طرح بہا دیتے۔ اب جب تمھیں بچّے چڑانے کے لیے للّو چنے والا کہیں گے تب تمھیں غریبی یاد رہے گی اور تم اس دولت کو پسینے کی کمائی سمجھ کر خرچ کرو گے اور امیر ہو کر بھی تمھیں غریبوں کے دکھ درد کا احساس رہے گا۔ اب یہ تمھارے اختیار میں ہے کہ جیسا تم چاہے کرو۔ بیٹا! تمھارے ابّا کے علاوہ تمھارے خاندان کی سات پشتیں اس نگر میں نگر سیٹھ رہی ہیں۔"

"امّاں ــــ ابّا جان کیوں نگر سیٹھ نہیں بنے؟"

"وہ اس لیے نہ بن سکے کہ ان دنوں یہاں دوسرے راجا نے حملہ کر کے اپنی حکومت قائم کر لی تھی۔ اگر وہ نگر سیٹھ بن جاتے تو دشمن راجا یہ ساری دولت چھین لیتا اور ہم ہمیشہ کے

لیے غریب ہو جاتے۔ اس لیے انھوں نے یہ دولت چھپا کر رکھ دی اور مرتے وقت اس کی حفاظت کی ذمہ داری مجھے دی۔"

یہ سن کر للّو بڑا خوش ہوا۔ اس نے راجا کو بھی تمام باتیں کہہ سنائیں۔ راجا بھی بے حد خوش ہوا۔ للّو نے یہ دولت نیک کاموں میں خرچ کرنا شروع کی۔ دونوں ماں بیٹے کا پورا شہر احسان مند بن گیا۔ انھوں نے شہر کی گرتی ہوئی حالت کو بچا لیا تھا۔ اُسے اب کوئی للّو بھی کہتا تو بُرا نہ لگتا تھا۔ اُسے پیسے کی قیمت معلوم ہو گئی تھی۔ اور اس نے جان لیا تھا کہ پیسہ سوچ سمجھ کر خرچ کرنا بھی بڑی عقلمندی ہے۔

**

جادو کا سِکّہ

تم نے اکثر فارسی کا یہ مقولہ سُنا ہوگا۔ "چاہ کُن راچاہ است" یعنی جو دوسروں کے لیے کنواں کھودتا ہے وہ ایک دن خود اس کنویں میں گرتا ہے۔

کسی گاؤں میں شیرو نامی ایک شخص تھا۔ اسے دوسروں کو ستانے اور تکلیف پہنچانے میں بڑا مزہ آتا تھا۔ اپنے ظالمانہ برتاؤ کی وجہ سے وہ دور دور تک مشہور ہوگیا تھا۔ وہ اکثر ایذارسانی کی نئی نئی ترکیبیں سوچا کرتا تھا۔ اس کے ایسا کرنے کی کوئی وجہ بھی نظر نہیں آتی تھی۔ حالانکہ وہ ایک دولت مند انسان تھا۔ اللہ تعالیٰ نے اسے دنیا کی ہر نعمت سے نوازا تھا۔ لیکن اللہ کی دی ہوئی نعمتوں پر شکر کرنے کے بجائے اسے اس کے بندوں کو ستانے میں خوشی محسوس ہوتی تھی۔ یہی وجہ تھی کہ گاؤں میں کوئی اسے عزت کی نظر سے نہیں دیکھتا تھا۔ لوگ اس سے نفرت کرتے تھے۔ لوگوں کی اس نفرت کو دیکھ کر اسے یہ فکر ہوئی کہ کہیں یہ لوگ اس کی تمام دولت نہ چھین لیں۔ یا کوئی اسے چرا نہ لے جائے۔ بس دن رات اسے یہی فکر

رہا کرتی تھی۔

چند دن بعد اُسے ایک ایسی ترکیب معلوم ہوئی جس کے آزمانے سے کوئی چور اس کے گھر میں داخل نہیں ہو سکتا تھا۔ گاؤں سے باہر ایک بڑے فقیر نے اپنا ڈیرا جمایا تھا۔ انھوں نے اُسے ایک جادو کی لکڑی دی تھی۔ اس لکڑی کی خاصیت یہ تھی کہ اسے اگر گھر کے دروازے کے باہر رکھ دیا جائے تو پھر کوئی شخص بھی مکان میں داخل نہیں ہو سکتا تھا کیوں کہ جوں ہی کوئی اس کے پاس سے گزرتا وہ لکڑی اچھل اچھل کر اس کی پٹائی کرنے لگتی اور اس وقت تک پٹائی ہوتی رہتی جب تک کہ شیرو، فقیر کا بتایا ہوا منتر نہ پڑھتا، اس طرح شیرو کو اب چوروں کا کھٹکا نہیں رہا تھا۔

جب یہ جادوئی لکڑی شیرو کے ہاتھ لگی تو اس نے گاؤں کے لوگوں سے نفرتوں کا بدلہ لینا شروع کر دیا۔ روز شام کے وقت وہ اس لکڑی کو اپنے گھر سے کافی دُور رکھ دیتا تھا۔ لکڑی ایسی جگہ رکھتا تھا جو گاؤں میں داخل ہونے کا راستہ تھا۔ کھیتوں میں کام کرنے والے کسان، مزدور، مرد عورت اور بچّے تھک ہار کر اسی راستے سے گاؤں میں داخل ہوتے تھے۔ جوں ہی وہ اس مقام سے گزرتے، لکڑی اُچھل اچھل کر ان کی خوب مرمّت کرتی۔ وہ بے چارے چلّاتے، روتے اور گڑگڑاتے تھے۔ ان کی مرمّت ہوتے دیکھ کر شیرو گھر میں

بیٹھے بیٹھے خوب مزا لیا کرتا تھا۔ گاؤں کے تمام لوگ پریشان تھے۔ سب نے شیرو کے سامنے ہاتھ جوڑ کر کہا کہ وہ لکڑی کو اس طرح راستے پہ نہ رکھے لیکن شیرو پر ان کی التجاؤں کا کوئی اثر نہ ہوا۔ اسے تو دوسروں کو ایذا پہنچانے میں مزا آتا تھا۔

جب تمام کوششیں رائگاں گئیں تو ایک دن گاؤں والے اس بڑے فقیر کے پاس پہنچے۔ اس سے تمام قصہ بیان کیا۔ فقیر نے شیرو کو بلا کر سمجھایا۔ لیکن اس نے فقیر کی بھی بات نہیں مانی۔ فقیر کو بڑا دکھ ہوا۔ جب شیرو وہاں سے چلا گیا تو فقیر نے گاؤں والوں سے کہا کہ گھبرانے کی کوئی ضرورت نہیں۔ اس کا علاج بھی میرے پاس ہے۔ اس نے اپنی تھیلی سے سونے کا سکہ نکال کر دیا اور انھیں ایک ترکیب بتائی۔ گاؤں والے ترکیب سننے کے بعد خوشی خوشی وہاں سے لوٹ آئے۔

دوسرے روز گاؤں کے مکھیا رنجیت سنگھ نے گاؤں کے معزز لوگوں کو اپنے گھر کھانے کی دعوت دی۔ شیرو کو بھی دعوت نامہ بھیجا گیا۔ یہ بات ہر کوئی جانتا تھا کہ شیرو کو اچھے اچھے کھانے کھانے کا بڑا شوق ہے۔ اس لیے وہ دعوت میں ضرور آئے گا۔

چنانچہ جس روز دعوت تھی، شیرو خوب بن ٹھن کر تیار ہوا۔ اس نے سوچا کہ گاؤں والے مجھ سے ڈرنے لگے ہیں۔ انھوں نے

اِسی لیے دعوت میں بُلایا ہے کہ پھر ایک بار منّت سماجت کریں۔ جب وہ گھر سے نکل رہا تھا تو اچانک اس کے ذہن میں یہ خیال آیا کہ شاید گھر لوٹنے میں دیر لگ جائے اور کوئی چور اس کی دولت اڑا لے جائے۔ اس لیے اس نے چوروں سے گھر کی حفاظت کے لیے جادوئی لکڑی دروازے کے باہر رکھ دی اور پھر خوشی خوشی رنجیت سنگھ کے گھر کی طرف روانہ ہو گیا۔

دعوت واقعی بڑی شاندار تھی۔ اچھے اچھے کھانے پکائے گئے تھے۔ شیرو نے خوب جی بھر کھایا۔ گاؤں کے بہت سے دوسرے لوگ بھی آئے تھے لیکن کِسی نے شیرو سے نہ منّت سماجت کی اور نہ کوئی التجا کی بلکہ آپس میں خوب ہنسی مذاق ہوا۔ جب دعوت ختم ہونے کے بعد رنجیت سنگھ مہمانوں کو رخصت کرنے لگا، تو اچانک کِسی کی جیب سے سونے کا' ایک سکّہ زمین پر گر پڑا۔

رنجیت سنگھ نے تمام مہمانوں کو روک کر پوچھا:

"بھائیو! یہ سونے کا سکّہ کِس کا ہے؟"

لیکن کسی نے بھی جواب نہ دیا۔ سب نے اپنی لاعلمی ظاہر کی۔ رنجیت سِنگھ نے شیرو سے پوچھا:

"کہیں یہ آپ کی جیب سے تو نہیں گرا ہے؟"

جب شیرو نے چمکتے ہوئے سونے کے سکّے کی طرف دیکھا

تو اس کے منہ میں پانی بھر آیا۔ اس نے دیکھا کہ اس کا کوئی مالک نہیں تو جھوٹ موٹ اپنی جیب میں ہاتھ ڈالا جیسے واقعی اس کی کوئی چیز گم ہوگئی ہو۔ اس نے جیب سے ہاتھ نکال کر کہا:

"ارے یہ تو میرا ہی سکہ ہے۔"

جوں ہی شیرو سکّہ اٹھانے کے لیے نیچے جھکا، سکّہ اچھل کر دُور جا گرا۔ لوگوں نے جب یہ دیکھا تو چپ چاپ منھ دبائے ہنسنے لگے۔ شیرو پھر لپکا، سکّہ پھر اچھل کر اور آگے جا گرا۔ شیرو ذرا جھینپ گیا۔ لیکن وہ سکّہ چھوڑنے کو تیار نہ ہوا۔ جب جب وہ سکّہ اٹھانے کے لیے ہاتھ بڑھاتا، سکّہ اچھل کر دور چلا جاتا۔ سکّے کے پیچھے بھاگتے بھاگتے شیرو کو پتہ بھی نہ چلا کہ وہ اپنے گھر کے دروازے پر پہنچ گیا ہے۔

جوں ہی وہ سکّہ اٹھانے کے لیے گھر کے دروازے کے پاس پہنچا۔ اچانک اسے محسوس ہوا کہ جیسے کوئی اُسے لکڑیوں سے پیٹ رہا ہو۔ لکڑیاں اس کی پیٹھ، ہاتھ اور پیروں پر لگ رہی تھیں۔ شیرو یہ سمجھ رہا تھا کہ گاؤں والے اس سے بدلہ لے رہے ہیں۔ اس لیے وہ غصّے سے چلّانے لگا۔

"ارے یہ کیا کر رہے ہو تم بختو! بند کرو.... اچھا میں ایک ایک کو دیکھ لوں گا۔"

شیرو بُری طرح پٹتا رہا اور گاؤں والے ہنستے رہے۔ آخر گاؤں والوں کو شیرو کا اس طرح پٹنا دیکھا نہ گیا۔ انھیں ترس آیا۔

رنجیت سنگھ نے کہا، "ارے بھائی شیرو! گاؤں والوں میں سے کوئی نہیں پیٹ رہا ہے۔ یہ تو تمھاری جادوئی لکڑی ہے جو کل تک گاؤں والوں کو پیٹتی تھی آج تمھیں مزا چکھا رہی ہے۔"

شیرو نے جب یہ سنا تو فوراً کراہتے ہوئے منتر پڑھا۔ لکڑی نے پیٹنا بند کر دیا۔ شیرو کی اتنی پٹائی ہو چکی تھی کہ اب اس میں اٹھنے کی بھی طاقت نہ رہی تھی۔ گاؤں والے اُسے اٹھا کر اس کے گھر میں لے گئے۔ جگہ جگہ زخموں سے نکلتے ہوئے خون کو صاف کیا، دھویا اور مرہم پٹی کی۔ اسے گرم گرم دودھ پلایا اور بستر پر لٹایا۔ رنجیت سنگھ نے نہایت نرم لہجے میں شیرو سے کہا "بھائی شیرو دیکھا تم نے، جو کسی اور کے لیے کانٹے بوتا ہے اسے ہی ایک دن یہ کانٹے چبھتے ہیں۔ جو دوسروں کا بُرا چاہتا ہے اسے بُرا ہی پھل ملتا ہے۔ اسی لیے تو کسی نے سچ کہا ہے کہ 'چاہ کن را چاہ است'۔"

شیرو بڑا شرمندہ ہوا۔ اس نے تمام گاؤں والوں سے معافی مانگی۔ پھر اس نے رنجیت سنگھ سے کہا کہ وہ اس لکڑی کو آگ میں ڈال دے۔ پاس ہی انگیٹھی سلگ رہی تھی۔ رنجیت سنگھ نے لکڑی اٹھا کر انگیٹھی میں ڈال دی۔ دھیرے دھیرے لکڑی جل گئی۔ اسی وقت سب نے دیکھا کہ سونے کا سکّہ بھی اچھل کر انگیٹھی میں جا گرا اور لکڑی کے ساتھ وہ بھی جل گیا۔

**

بچوں کے لیے دلچسپ کہانیاں

سات کہانیاں

مصنف: یوسف ناظم

بین الاقوامی ایڈیشن شائع ہو چکا ہے

بچوں کی مزیدار کہانیاں

جادوگر

مصنف: رام سروپ کوشل

بین الاقوامی ایڈیشن شائع ہو چکا ہے